AF404076

NOUVEL ELOGE

DE

MESSIRE FRANCOIS

DE HARLAY,

ARCHEVÊQUE

DE PARIS.

Duc & Pair de France, Commandeur des Ordres du Roy, Proviseur de la Maison de Sorbonne, Superieur de celle de Navarre, & l'un des Quarante de l'Academie Françoise.

Publié le 6. d'Aoust 1696. jour Anniversaire de sa mort.

A PARIS,

Chez JACQUES LANGLOIS, Imprimeur ordinaire du Roy, ruë S. Jacques, à l'Image S. Vincent.

M. DC. XCVI.

Avec Permission

DES personnes d'un grand merite m'ayant reproché depuis
peu, que je n'avois pas assez loüé
feu M. l'Archevêque dans mon
premier Eloge, m'exhorterent plus
d'une fois de travailler à un second.
J'aurois eu peine à m'y resoudre s'il
n'avoit été du respect d'avoir autant de complaisance à leur obeïr,
qu'ils témoignoient d'empressement
à le desirer; je sçai que l'Eloge est le
chef d'œuvre de l'Orateur, & que
s'il n'ose sans trembler en entrepren-
dre un premier, il doit regarder le
second comme un écüeil fatal où s'i-
ra briser tout son Art. Mon peu
de forces me persuade mieux qu'à
un autre, que le naufrage est pres-
que assuré, mais j'espere qu'on ex-
cusera par le zele du cœur ce

qui manque à la piece du côté de l'eſprit. Ce Panegirique eſt tout neuf &
j'ay pris ſoin de n'y employer ni faits,
ni penſées, ni aucune expreſſion
de l'autre. Au reſte je n'aprehende
point que l'on m'accuſe de flatterie,
ni d'avoir rien outré ; il y a long-
tems que je ſuis perſuadé qu'il n'eſt
rien de beau ſans la verité. Quand
on loüe un merite extraordinaire il
eſt beaucoup plus prudent de dimi-
nuer de ſon éclat pour le rendre
croyable, que de l'augmenter pour
le rendre plus ſurprenant.

NOUVEL ELOGE
DE FEU
MONSEIGNEUR
L'ARCHEVEQUE.

QU'IL me foit permis de rendre un nouvel Hommage à la memoire de feu M. DE HARLAY, & de jetter encore une fois des fleurs fur fon Tombeau. Quand on eft penétré de refpect & d'admiration, eft-on maître de contenir cette plenitude d'eftime? il eft aifé de fuccomber à la tentation d'écrire ce qui fait un fi grand plaifir, & tant d'honneur à publier. Le grand

A ij

Homme! c'est un Aigle dont je ne puis suivre le vol. Ceci n'est point flatterie. Qu'en esperer a-pres sa mort? ni de ces doux en-tousiâmes qu'inspire la vivacité de la reconnoissance. Quand je me represente tous les talens de ce Prélat, je tremble à faire son portrait, le Pinceau me tombe des mains, les paroles me man-quent, & je n'exprime sa gran-deur que par l'excés de ma sur-prise.

Tout parloit d'abord, tout pre-venoit en sa faveur. Une prestan-ce admirable, des yeux qui é-toient tout esprit, un air doux & benin, une bonne grace inimita-ble dans les Ceremonies; par dessus tout cela, un certain bril-

lant qui luy étoit particulier. Le
brillant dont je parle, eſt je ne
ſçay quel luſtre qui rehauſſe pour
ainſi dire les grandes qualités,
qui de bonnes les rend Heroïques, & qui les fait paſſer du
grand au merveilleux. Dans toutes ſes actions, juſques aux plus
ſimples, il y avoit de l'élevation,
rien de geſné dans ſes manieres,
tout couloit de ſource; c'étoit pur
genie. Mais Dieu, quel genie!
capable des plus grandes choſes,
exact dans les plus petites, d'un
goût & d'un diſcernement ex-
quis, profond dans les affaires,
ſubtil & fleuri dans les matieres
de bel eſprit, genie vaſte, fort,
pénétrant, meſurant mieux que
qui ce ſoit toutes les ſuittes d'une

affaire , heureux à la terminer.

Qu'il le faifoit beau voir donner des Audiances publiques ou
particulieres. Qu'il faifoit beau
le voir écouter avec patience, en-
tretenir avec plaifir , fatisfaire
fans confufion une foule de gens
de tous caracteres, qui venoient
ou le confulter ou recevoir fes
Ordres fur affaires toutes differentes. Lors qu'on voit ces mer-
veilles, à peine croit on ce que
l'on voit : On doute s'il n'y a point
plufieurs hommes dans ce Heros,
ou plufieurs fortes de Heros dans
ce feul , & dans ce même homme. L'étenduë de fon genie épui-
foit l'imagination, & il avoit bien
moins de peine à faire avec facili-
té ce prodigieux nombre de cho-

ſes , qu'on n'en avoit à concevoir comment il les pouvoit faire.

Quand on eſt dans les grands Emplois, on eſt ſouvent ſi fatigué de l'aſſiduité du travail & de l'importunité des hommes, qu'il eſt bien difficile que la patience n'échape, c'eſt de tous les deffauts le plus pardonnable ; & comme il eſt preſque impoſſible de n'y pas tomber ſans miracle, on ne peut guere le blâmer ſans une eſpece de dureté ; dans ce continuel embaras d'affaires, de perſonnes dont M. De Harlay étoit aſſiegé, l'a t-on jamais vû chagrin ou impatient ? luy a-t-il échapé une parole dure ou quelque raillerie piquante ? j'en appelle à témoins ce nombre infiny d'hommes de tous

A iiij

lesOrdres,qui ont eu quelque oc-
cafion de le voir ou de luy parler.

Mais peut-être que ce Grand
Homme étoit bien different dans
le particulier ; dans cette vie pri-
vée, où l'homme met le mafque
bas, & où vivant fans precaution,
fouvent il fe dedommage de la
contrainteque luy impofe lagravi-
té du caractere;comment en ufoit
M. De Harlay avec fes amis?
s'ils confervoient toûjours un
grand refpect pour luy, que n'a-
voit-t il point de bonté & de
complaifance pour eux ? ouvert,
civil, honnête, fans jamais exiger, ni de deference fervile, ni
de circonfpections génantes, fça-
vant dans l'art d'écouter & dans
celuy de bien répondre, il inftrui-

foit fans contredire , & d'une maniere obligeante il engageoit à
l'écouter avec plaifir, & à répondre avec confiance. En ces momens de liberté , plus l'efprit é-
toit affranchi de ces incommodes
bienfeances , plus il étoit vif &
brillant ; mais autant qu'il avoit
d'élegance & de politeffe dans
ces difcours fimples & de conver-
fation , autant y avoit-il de grand
& de pathetique dans fes Haran-
gues & dans fes Sermons.

Lorfque l'on examine les a-
vantages confiderables que l'élo-
quence de la Chaire donne aux
Predicateurs , on eft furpris d'en
voir fi peu qui éclatent & qui réüf-
fiffent ; tout concourt pour ainfi
parler à les rendre victorieux, foit

du côté de l'Auditeur, qu'ils se pro-
posent de convaincre, soit du côté
de la matiere qu'ils entrepren-
nent de traiter ; l'un est tout
preparé aux impressions que l'on
luy donne, tant par les douces es-
perances du bonheur que l'on luy
promet, que par la crainte des
Supplices dont chaque jour on le
menace ; d'un autre côté les sujets de Predication sont si majes-
tüeux, cette matiere est si sublime,
qu'elle se soûtient suffisamment
par sa propre grandeur. Lors dis-je
qu'on fait reflexion sur ces avan-
tages, on admire d'abord, & ce
semble avec sujet, que parmi ce
grand nombre qu'on entend de
Predicateurs, il y en ait si peu qui
excellent & qui se distinguent,

cependant quand on a bien exa-
miné les talens extraordinaires
qu'il faut avoir pour devenir un
Predicateur accompli, on est encore plus étonné qu'il y en ait qui
le deviennent ; combien faut-il se
posseder pour ne jamais s'abandonner, ni au feu de l'esprit ni
aux saillies hautaines d'une imagination trop vive ? Quel jugement
ne faut-il point pour châtier ses
pensées, mesurer ses paroles, ar-
ranger ses matieres, & pour leur
donner à propos leurs couleurs
propres & naturelles ? Quoy de
plus rare que cette admirable justesse dans laquelle consistent toutes les graces du discours ? Outre
ces talens il faut de l'exterieur, un
geste beau & naturel, une voix

claire & diſtincte , une prononciation aiſée ; voit on bien des Predicateurs qui reſſemblent à ce modelle ?

Quelqu'un a-t-il eu toutes les parties de l'Orateur en un dégré plus éminent, que les poſſedoit M. DE HARLAY ? je ne parle point des graces du Corps , on n'a point aproché de ſa maniere de prononcer , & on ne voit que rarement des gens de ſa bonne mine, excellent à peindre les mœurs, ſolide dans ſes raiſonnemens , adroit à les bien placer ; d'ailleurs d'une véhemence ſi noble , qu'il n'échauffoit pas ſeulement , mais remuoit comme il le vouloit l'ame de l'Auditeur ; ce concours inoüi qui le ſuivoit par tout ne lui faisoit pas tant d'honneur que toutes ces grandes qualités, qui sont autant de presents que le Ciel ne fait qu'à tres peu de monde.

Cette Eloquence victorieuse n'étoit pas seulement l'effet d'un heureux naturel, mais encore le fruit de ses veilles & d'une étude continuelle ; il y avoit consacré sa plus florissante jeunesse, méprisant ces ames oisives qui n'aportent aux Dignitez d'autre preparation que celle de les desirer. Dans l'âge avancé il étudioit encore quatre ou cinq heures tous les jours, donnant à ce plaisir tout le tems qu'il pouvoit dérober à ses autres emplois, bien éloigné de l'humeur de ces paresseux qui se font une occupation de leur amu-

femens, & qui ne donnent à l'E-
tude que les malheureux restes
d'une oisiveté languissante. C'é-
toit un des sçavans Hommes qui
ait paru depuis long-tems. Il sça-
voit tout, Sciences, Histoire,
belles Lettres : Il possedoit par-
faitement tous les Peres Grecs &
Latins, sur tout le S. Augustin
dont il recitoit sur le champ, sur
des matieres imprevües, des pas-
sages de quinze & vingt lignes.
Immenses Recüeils, où autre fois
dans ses Retraites, il renferma
toute la fleur & ce qu'il y-a de
plus solide dans toutes ces lectu-
res, vous pouriés être les témoins
de ce que je publie. Au reste son
esprit n'étoit pas moins net pour
avoir tant de connoissances; la
vaste

vaſte Erudition ſouvent obſcurcit l'eſprit, à force de ſçavoir on devient confus, & quelquesfois le trop de lumiere ébloüit plûtôt qu'il n'éclaire ; la memoire prodigieuſe de M. De Harlay, lui fourniſſoit à tous momens mille idées ſur un ſujet, mais il étoit tellement maître de tout ce qu'il ſçavoit, qu'elles ne ſe preſentoient jamais que dans l'ordre qu'il le vouloit.

Sa paſſion pour l'Etude luy faiſant aimer les Sçavans, il les eſtimoit, il avoit pour eux des égards tout particuliers, mais ce n'étoit pas une inclination ſterile. Ravi de publier & de repandre le merite, empreſſé à le couronner, il n'avoit point de plus grande

joïe que de pouvoir faire du bien,
& il sentoit plus de plaisir d'acor-
der quelque grace où de la pro-
curer , qu'on n'en avoit à l'obte-
nir : Que cette magnanimité est
d'un bel ornement dans les grandes places ; si elles donnent de
l'autorité , les bienfaits doivent
rendre cette autorité agreable; les
ames Heroïques peu touchées de
l'Empire que la crainte leur donne , se forment par leurs bienfaits
un Empire plus noble & plus re-
levé , qu'elles ne doivent qu'à
leur vertu; telle fut la maxime
de M. DE HARLAY. Il ne trou-
voit rien de plus beau que de rendre tout le monde heureux ; c'é-
toit son plus grand desir, & d'ac-
corder s'il avoit pû tout ce qu'on

pouvoit souhaiter ; mais comme
ce n'est faire du bien qu'à demy
quand on le donne de maniere
qu'on a honte à le recevoir , de
combien d'agrémens ne sçût-il
pas assaisonner toutes les graces
qu'il faisoit ; s'il obligeoit parce
qu'il donnoit , il charmoit par
l'honnesteté avec laquelle il
donnoit , n'estimant pas qu'on
luy fût redevable si on ne l'étoit
avec plaisir : Oserois-je découvrir
un mistere du cœur aussi honteux
qu'il est commun ; rarement
aime-t-on les gens ausquels on
est trop obligé. Les bien faits extraordinaires, quand le besoin en
est passé , commencent à nous
être à charge , & l'impatience de
s'acquitter , si loüable en appa-

rence, n'est souvent qu'un depit secret d'être trop long-tems redevable ; la dépendance où ils nous mettent humiliant nôtre orgueil, on a honte de trop devoir, au lieu qu'on devroit rougir de ne pas reconnoître assez vivement ce que l'on doit. M. D E HARLAY, loin d'exiger qu'on publiât sa generosité, souvent imposoit silence à la reconnoissance, n'acordant les plus grands bienfaits que sous la condition d'une apparente ingratitude ; mais plus on veut retenir la reconnoissance captive, plus elle cherche à éclater, semblable à ces feux soûterrains, qui ne pouvant sortir par le haut de leur antre, se font mille ouvertures par d'autres en-

droits de leur prison, pour faire
sortir peu à peu l'impetuosité de
leurs flâmmes; jamais il ne donna rien qu'il ne fut moindre que
ses desirs, & qu'il n'acompagnât
d'une espece de confusion, toûjours même de quelque excuse de
ce qu'il donnoit si peu ; mais
mettons cette belle ame à une é-
preuve plus difficile. S'il y a du
grand à faire du bien à ceux qu'on
aime , ou qu'on espere de ga-
gner, il n'y a que les seuls Heros
& les parfaits Chrêtiens qui puis-
sent combler de bienfaits ceux
qu'on a sujet de haïr.

C'est un grand malheur d'a-
voir des ennemis, soit parce qu'-
ils nous haïssent, soit parce qu'il
est difficile de ne les pas haïr, ce-

pendant quand on eſt d'un merite où d'un rang extraordinaire,
quelque ſoin que l'on puiſſe pren-
dre de parer ce malheur, on doit
s'attendre à ne le pouvoir éviter;
les Ennemis les plus cruels que
les Grands Hommes puiſſent a-
voir, ſont les envieux. Si Dieu
couronne les premiers, il permet
qu'ils ſoient la victime de la médiſance des autres, peut-être pour
nous faire voir qu'il n'eſt point en
ce monde, ni de douceur ſans a-
mertume, ni d'amertume ſans
douceur; c'eſt en vain qu'on ſe
flatte que l'envie cede à la vertu,
& que l'éclat d'un grand merite
diſſipe les nüages dont on s'effor-
ce de l'obſcurcir. La médiſance
bien au contraire ne s'attache

communement qu'à noircir les plus belles vies, foit parce que plus le merite éclate, plus il irrite les jaloux, foit parce qu'affez fouvent les plus grandes vertus font mêlées de quelques defauts, comme fi tout ce qui nous éleve au deffus de nous même deregloit nôtre ame en la tirant de fa fituation ordinaire. L'éclat de la fortune dé M. DE HARLAY, ce credit, ce génie fuperieur, cette haute reputation acquife par tant d'actions d'une memoire immortelle, l'eftime & la confiance dont le Roy l'honoroit depuis fi long-tems, fa vigilance & fon zele à déraciner l'Herefie, & à profcrire les nouveautés, l'avoient fi fort expofé à la malignté des

B iiij

Hommes , que peut-être n'en
fut il jamais contre lequel la mé-
difance ait plus fignalé fa fureur.
L'Herefie, le faux zele, fe dechaî-
nerent à l'envi : Cruëlle occa-
fion , heureufe cependant fi j'ofe
parler de la maniere, pour mé-
nager à ce Grand'Homme un
Triomphe digne de luy. L'honnête Homme fe montre par tout,
mais le Heros ne fe fait voir que
dans les grandes conjonctures.
C'eft dans ces Triomphes fi dif-
ficiles à remporter que l'on dé-
couvre au vray ce qu'il ya de merveilleux dans le cœur des Hommes extraordinaires. Que fait M.
de Harlai dans ces conjonctures?
n'eft-il point ébranlé de voir fa reputation en proye à tant de Vau-

tours ? ſon courage & ſa fermeté ſuccomberont-ils ſous le nombre, ſous l'effort de ſes ennemis ? ſon cœur tout de feu ne l'excite-t il point à la colere, à la vengeance; l'honneur eſt un bien ſi cher, que quand on veut nous le ravir, on ſe flatte que la juſtice nous oblige à le deffendre. L'amour propre auſ-ſi ruſé que violent, fournit mille raiſons pour autoriſer la vengean-ce ; ainſi trompé, parce qu'on le veut, par des pretextes ſi ſpecieux, on ſe croit tout permis quand on eſt offenſé, & que ſans violer les Loix de la Religion on peut per-dre ſon Ennemy, mais les Heros ſe vengent d'une maniere bien plus noble. On ne craint les inju-res que quand on les merite, plus

M. DE HARLAY a de moïens de se venger, moins il en a de volonté ; ce qui fomente, ce qui aigrit la passion des autres Hommes, appaise, adoucit la sienne. Il pardonne à ses ennemis , il les combat par ses bien faits & par un traitement d'autant moins attendu qu'ils l'ont peu merité ; il recompense ceux qu'il auroit eu droit de punir ; il en tire une double gloire, & de pouvoir punir l'offence & de la sçavoir oublier, ainsi il s'érige un Trophée sur les ruines de l'envie, pour être à jamais un monument de sa puissance, un monument de sa bonté. Que ce triomphe fait d'honneur à la Religion ! Et qu'il est beau quand on pardonne, de surmon-

ter l'inimitié en gagnant l'ennemy ! mais pouvoit-on moins attendre d'un Prélat aussi distingué
par le nombre de ses vertus , que
par celuy de ses talens.

A vingt-six ans & quelques
mois , il est élevé sur un des premiers Siéges de l'Eglise de Fran- *Roüen:*
ce. Ce n'est d'abord ni une fer-
veur precipitée , ni cette ébulli-
tion de zele , si j'ose parler ainsi ,
qu'on remarque dans la jeunesse.
Il fait voir dés cet âge la maturité
de l'Automne. Il est zelé & déja
sage dans son zele. Il sçait que sa
Dignité est un Ministere, & quelle impose autant de Charge, qu'-
elle doit attirer de respect ; il ne
respire que le travail, bien éloigné de ces gens oisifs qui au mi-

lieu de l'abondance joüiſſent d'un malheureux repos. Il ſe donne tout entier à ſes fonctions, & par la benediction du Ciel, il s'y don-ne avec ſuccés. Les Grands n'ont point de vertu qui ne renaiſſe en tous lieux, & qui ne paſſe dans le cœur d'une infinité de perſonnes avidesde leur reſſembler. L'exem-ple de l'Archevêque répand par-mi ſon Clergé une émulation de zele. Chacun fait ſon devoir, & en trés peu de tems il n'y eût point dans le Royaume de Dioceſe mieux reglé ni de plusfloriſſant en Science & en vertu ; mais quelles peines n'eſſuïe-t-il point pour arra-cher ces Ronces du Champ que la Providence luy a donné à culti-ver, & pour avoir la joïe de luy voïr si tôt raporter une pleine moisson ? quelle Paroisse de ce Diocese si vaste n'a-t-il pas visi-tée, instruite, reglée ? avec quel courage & quelle vigilance sçavoit-il éloigner les Loups de la Bergerie ? Tantôt il écarte cet Homme ennemi qui vient semer la zizanie, tantôt il foudroïe ce corrupteur qui vient authoriser le relâchement & le libertinage. Tantôt il confond la vanité qui veut montrer son bel esprit à soûtenir des nouveautés ; mais quel-le est son application à regler le dedans ? il prêche, il parle, de tous côtés, à tous momens, pour éclairer son Peuple. Il s'attache principalement à communiquer ses lumieres aux Pasteurs subalternes qui le gouvernent fous fes Ordres. Il n'oublie rien pour les inftruire, exhortations, remontrances, Sinodes, Conferences; il les gagne par fon honnêteté, il les reduit par fa patience. S'il cortige, il touche les cœurs fans les attrifter, perfuadé que les Chefs de la Religion qui reprefentent le Fils de Dieu, ne doivent pas tant exercer fon autorité, qu'imiter fa mifericorde, & qu'en vain fe glorifient-ils d'être les Succeffeurs de fa Puiffance, s'ils ne le font de fa charité. Deux vertus principales font neceffaires à un Evêque, le zele, la prudence; le zele pur brûle fouvent quand il ne faudroit qu'échauffer. La prudence feule eft quelquesfois trop circonſpecte , elle voit l'impieté avec horreur , mais elle n'a point le courage de l'attaquer.

Autant que M. De Harlay étoit humain au Pecheur , autant étoit-il exact à bannir le peché , compatiſſant à la foibleſſe , mais châtiant la rechute & l'obſtination. Si ſes avis faiſoientconnoître le mal, ſa douceuren faiſoit aimer le remede , & on voïoit toûjours en luy autravers de ſa ſeverité, une tendreſſe paternelle ; cependant ſa bonté n'avoit rien de foible , & aprés avoir épuiſé les adreſſes de ſa charité, il ſçavoit bien le glaive en main , briſer l'orgüeil & la ſuperbe. Il y a deux ſortes de bonté. L'une eſt éclairée par les lumieres de l'eſprit , l'autre eſt aveugle par-

ce qu'elle n'agit point par lumiere. La premiere eft foûtenuë par
une fage fermeté , la feconde au
contraire n'eft qu'une molle con-
defcendance. Celle-cy ne con-
vient qu'à des ames foibles, comme l'autre eft le caractere de ces
Genies fuperieurs , qui fçavent
réünir la fimplicité des Colom-
bes & la prudence des Serpens.
Heureufe alliance qu'on admiroit
dans la conduite de ce grand Archevêque ; fa bonté n'empêcha
jamais le cours de fa juftice, comme fa juftice n'empêchoit point le
cours de fa bonté. Je paffe fous fi-
lence bien des exemples qui fe
prefentent, d'une vigueur judi-
cieufe à maintenir les Privileges
& les Droits de l'Epifcopat. Je

cherche une occasion d'éclat
pour faire voir dans un beau jour
la fermeté de ce Grand'Homme.
Lorsqu'il étoit encore Archevêque de Roüen, un de ses Suffra-
gans entreprend de mettre la
Faux dans la moisson d'autruy,
on en porte ses plaintes à M. DE
HARLAY. On poursuit, on le
presse de rendre enfin un jugement. Peut-être n'y eut-il jamais
de conjoncture plus délicate, soit
que l'on considere l'état de ceux
qui se plaignoient, soit que l'on
fit reflexion sur le credit, sur la
fortune de celuy dont on se plai-
gnoit. Ceux-là étoient dans la dis-
grace, celuy-cy étoit un Eleve &
un Homme de la faveur. Les premiers étoient exposés à l'indigna-
tion du Ministre ; le second é-

toit à couvert à l'ombre de ſes aîles. Si M. De Harlay faiſoit juſtice aux uns, il faiſoit déplaiſir au Protecteur de l'autre. S'il obligeoit le Protecteur, il avoit à ſe reprocher de n'avoir point rendu juſtice. Démeurera-t-il ferme dans un pas ſi gliſſant? Il y a une magnanimité Chrêtienne qui s'éleve au deſſus des craintes & des complaiſances humaines. Le peril ne l'étonne point dans le tems-même que la fortune eſt à la veille de le quitter. Sa grande âme paroît toute entiere dans ce courage qui ne craint rien, qui ſurmonte tout, qui fait un Sacrifice des conſiderations du monde à la Majeſté des Canons, & à l'amour de la juſtice.

Parmi tant de vertus, oublirois-je sa tendresse & sa charité pour les malheureux. Je ne parle point ici de ses Aumônes ordinares, ni des pensions considerables qu'il donnoit à plusieurs Familles de pauvre Noblesse. Cette vertu ne se fait jamais mieux conoître que dans les occasions extraordinaires. Roüen est afligé d'un des plus grands fleaux; le bras de Dieu s'appesantit sur cette Ville, & la Peste rompant le Commerce réduit les pauvres Ouvriers aux dernieres extremités. Une autre année il arrive une diserte. Dans ces tems de calamité, où la misere augmentant, les Pauvres ont plus de besoin, & le Riche moins de volonté & de moiens de les aider, l'Archevêque s'engage pour les soulager. Sa charité coule à

Ruisseaux. C'est une source qui se répand toute entiere. La Trompette ne sonne point pour annoncer ses bonnes Oeuvres. S'il donne aux Pauvres honteux, il leur épargne la confusion de leur misere, aussi charitable dans la maniere de les secourir, que dans le secours qu'il leur donne.

Cet Homme unique n'étoit point né pour la Province. A peine Paris a t il vacqué qu'il en est nommé Archevêque. Suprême Honneur d'avoir été choisi pour la place la plus importante de l'Eglise de France, par le plus Grand de tous les Rois. Depuis sa Translation, il ne faut plus le regarder comme un Prelat particulier. Si son Empire étoit borné dans les limites d'un Diocese par les droits de sa Dignité, son Diocele n'avoit point de bornes par l'étenduë de ses lumieres. La confiance du Prince , & l'estime publique le rendirent bientôt l'Arbitre de tout le Clergé. S'il eût permis à ses Amis de recueillir en Corps de Droit les jugemens qu'il a rendus sur mille especes differentes , peut-être qu'un jour avenir les decisions de ce Grand Homme , eussent servi de Regles pour l'Eglise de France. Les Religieux de tous les Ordres s'empressoient à l'avoir pour Juge. Qu'il est glorieux à ce Prelat d'avoir été également estimé & cheri de l'un & de l'autre Clergé, & que les Reguliers si jaloux de leurs Privileges, aient publié plus d'une fois , qu'ils y seroient indifferens si ce Grand.

Homme vivoit toûjours, où que l'on vit toûjours regner l'esprit de ce Grand'Homme. Depuis sa Translation, toutes les Assemblées du Clergé le choisirent pour President. Luy seul, pour ainsi parler, étoit toute l'Assemblée. Tout étoit muet, quand il parloit, tout étoit attentif; on attendoit en suspens la réponce de l'Oracle: Et comme s'il y eût eu de la temerité à penser autrement que luy, tous les suffrages de l'Assemblée alloient à s'unir au sien.

Mais encore quel usage faisoit-il d'un si grand pouvoir? n'en abusoit-il point? Quand on est parvenu à la haute faveur, comme tout flatte l'ambition & la cupidité, il est bien rare de ne jamais s'abandonner aux douceurs trompeuses de l'une, & de ne point raſaſier l'avidité de l'autre. Tout le monde le ſçait. M. DE HARLAY au deſſus de tout intereſt, & toûjours beaucoup plus utile pour le Public, que pour luy même, n'emploioit ſon autorité qu'à rétablir de tous côtez la Dicipline & la Paix. Sa ſageſſe, ſes Conſeils, l'admiration où l'on étoit dé ſa maniere de gouverner, repandirent dans les Provinces un eſprit de moderation, qui tarit la ſource des troubles, & qui deſſeicha pour long-tems cette mauvaiſe humeur qui faiſoit toutes les querelles du Clergé & des Reguliers, des Laïques avec le Clergé.

Comme la Foy eſt le fondement & la baſe de la Religion, avec combien de zele s'employat-il dans tans tous les tems à étendre la foy, & à la conserver dans sa pureté ? il porte ce zele jusques aux extremitez du monde, par la protection qu'il donnoit à ces Hommes Apostoliques que l'esprit du Seigneur, & l'ardeur de leur charité enleve de tems en tems dans les contrées des Infidelles, pour y annoncer l'Evangile. Quelle erreur s'éleva de son tems dont il ne fut le Destructeur ? Quelle verité attaquée dont il ne fut le deffenseur ? il se glisse dans ces derniers tems, une devotion superficielle qui retranche à l'exterieur, quelques airs mondains, & qui laisse au cœur la liberté de ses desirs, une spiritualité qui s'exhale en pensées frivoles & en expressions mistiques, mais qui par la corruption du cœur degenere en libertinage.

M. De Harlay s'arme incontinent du Glaive de la parole. Il foudroye ces erreurs , & nous voyons qu'à son exemple des Prelats aussi distinguez par leur profonde capacité , que par une pieté singuliere, suivent ses traces aussi tôt , & censurent ces nouveautés.

La Sagesse du Roy & l'admiration où l'on est de ses Vertus, de ses Victoires, acheve en quatre où cinq ans , ce que le zele armé de six de ses Predecesseurs , n'avoit pû faire en un Siecle. Il ramene à l'Eglise sans combat & sans resistance , présde deux millions d'Hommes que le malheur de leur naissance ou celuy des tems avoit separé de cette Sainte Mere. Miracle de pieté & de prudence,

& qui fut à nôtre Prelat une nouvelle source de Gloire. Que ne fait-il point pour seconder ce grand dessein ? avec combien d'ardeur s'applique-t'il à former cette Eglise nouvelle ? il y travaille nuit & jour. Il n'y épargne ni ses peines ni sa santé.

L'Heresie en fureur ne respirant que la vengeance s'enfuit en un Royaume voisin : Elle y excite par ses cris une tempête épouventable ; on en chasse les Catholiques. Dans cette occasion avec combien de charité M. DE HARLAY recüeille-t-il ces tristes debris du naufrage de nos voisins ? quels soins ne prend t'il point par des Secours continuels, de consoler ces troupes vagabondes & abandonnées de Fidelles que la

Tempête venoit de jetter fur nos
bords?

Aprés l'amour de Dieu , & de
fon Eglife , doit marcher celuy de
fon Roy & de fa Patrie. On ne
fçauroit les feparer à moins que
de renverfer avec l'ordre Politi-
que, qui fait les Sujets heureux, les
maximes de l'Evangile qui font
les vrais Fideles. Perfonne eut-t-il
jamais plus de zele, plus de paffion
pour les Auguftes Préeminences,
& pour les Droits de la Couronne,
qu'en avoit M. DE HARLAY ?
habile à les connoître , ferme à
les deffendre ; il a fait voir à tout
le monde que le Royaume n'a
point eû ni de Prelat plus éclairé
ni de Citoien plus fidelle. Perfonne a-t-il jamais eu , un plus profond refpect, une eftime plus for-

te, ni plus d'attachement pour le Roy? je ne m'étonne point, disoit-il souvent, qu'un si grand Monarque soit aimé de ses Peuples, estimé de ses Ennemis, admiré detoute la Terre. Il y a des veritez qui emportent. Voit-on dans l'Histoire beaucoup de Princes & de Rois, aussi habiles dans la Guerre que dans la Paix, aussi celebres & fameux par le nombre de leurs Victoires, que par celuy de leurs Vertus. Ce Grand Archevêque si capable de bien juger du merite d'autrui étoit si fort penetré de celuy du Roy, que non content de l'admirer, il le proposoit à tout le monde comme le modelle le plus parfait de toutes les Vertus. De ses meilleurs amis le pressant avec violence de relâcher à leur priere,

de la feverité des Loix. Voyez,
leur dit il, comme en ufe le Roy?
Puis-je mieux faire que d'imiter
le plus jufte de tous les Princes.
Dans cette haute Elevation qui le
met audeffus des Regles, il s'en
fait une inviolable de ne rien faire
que de jufte. Exact & fidelle à
recompenfer la vertu, inflexible
à punir le vice, il fe tait lorfque
les Loix parlent, perfuadé qu'en
de certains cas ce n'eft pas moins
une injuftice de conferver un
Sang coupable, que d'en repandre d'innocent; mais que le zele
de ce Prélat fut noblement re-
compenfé par toutes les bontés
du Roy; quelles preuves d'eftime
plus illuftres que ces Audiances
particulieres que SA MAJESTE'
luy donnoit un jour de chaque

Semaine , que de regler ſur ſes avis, les differens les plus celebres de l'Egliſe de France ; & qu'en-fin de l'avoir porté au faîte des Honneurs ? inſignes faveurs qui ne ſervirent à M. DE HARLAY qu'à relever de plus en plus ce caractere ſingulier d'une vie mo-deſte dans la plus haute Fortune.

Un ſi Grand'Homme devoit vivre toûjours. Mais les Heros meurent comme les autres hom-mes. La Gloire ne les diſpenſe point de cette fatale neceſſité, & envain nous plaindrions-nous que la mort nous l'ait enlevé ; mais s'il diſparoît pour toûjours, du moins enfermons dans nôtre cœur comme dans un pretieux Mſolée, ce qui nous reſte de luy, le ſouvenir de ſes bienfaits, le souvenir de ſes Vertus. Ce qui ſeul peut nous conſoler , c'eſt qu'une ſi grande perte ne pouvoit être reparée par un plus Digne Succeſſeur. Que ne pourois-je point en dire, ſi ſa modeſtie ne me condamnoit à me taire? quand un homme eſt élevé au deſſus de toutes les louanges , c'eſt à lors même qu'il ſe perſuade de ne les pouvoir meriter ; mais eſt-il juſte que pour ſatisfaire une de ſes Vertus, on prive ainſi toutes les autres des Honneurs que l'on leur doit rendre. Son air grave & doux , noble & modeſte tout enſemble, vous inſpire d'abord autant de reſpect que d'amour ; (il y a je ne ſçai quoi d'aimable dans la modeſtie des Grands, qui vous charme , & qui vous enle-ve.) Il fait de grandes Aumônes,

Il est d'une vigilance & d'un zele infatigable, le travail ne luy fait point de peine. Il écoute avec bonté, & il decide sur le champ avec autant de justesse que de solidité. Il joint à beaucoup de pénétration une prudence consommée; si son Elevation fait le bonheur Public, elle sera la felicité particuliere de Nôtre Eglise. Nous aurons l'honneur de le posseder, & l'avantage d'être animés de son exemple. Dieu nous le donna dans son Amour, & ne peut nous l'ôter que dans sa Colere.

LE GENDRE, Chanoine de l'Eglise de Paris.

FIN.

www.ingramcontent.com/pod-product-compliance
Ingram Content Group UK Ltd.
Pitfield, Milton Keynes, MK11 3LW, UK
UKHW022337120726
13694UKWH00004B/1612